根与本

马铭阳 / 著

哈尔滨出版社
HARBIN PUBLISHING HOUSE

图书在版编目（CIP）数据

根与本 / 马铭阳著 . — 哈尔滨：哈尔滨出版社，2023.8
　　ISBN 978-7-5484-7057-1

Ⅰ.①根… Ⅱ.①马… Ⅲ.①《诗经》-诗歌研究 Ⅳ.①I207.222

中国版本图书馆 CIP 数据核字 (2022) 第 255931 号

书　　名：根与本
GEN YU BEN

作　　者：马铭阳　著
责任编辑：李维娜
封面设计：刘俊平

出版发行：哈尔滨出版社（Harbin Publishing House）
社　　址：哈尔滨市香坊区泰山路82-9号　　邮编：150090
经　　销：全国新华书店
印　　刷：三河市华东印刷有限公司
网　　址：www.hrbcbs.com
E-mail：hrbcbs@yeah.net
编辑版权热线：（0451）87900271　87900272
销售热线：（0451）87900202　87900203

开　　本：787mm×1092mm　　1/16　　印张：8　　字数：74千字
版　　次：2024年1月第1版
印　　次：2024年1月第1次印刷
书　　号：ISBN 978-7-5484-7057-1
定　　价：69.00元

凡购本社图书发现印装错误，请与本社印制部联系调换。
服务热线：（0451）87900279

序

安徽省文史研究馆馆员
安徽历史文化研究中心主任
历史学博士、研究员

翁 飞

寻根悟本　人间正道

马铭阳《根与本——溯解〈诗经〉三首》

中华文明是全球最悠久的文明之一，它以巨大的创造力书写出了令世界赞叹不已的人类传奇。早在公元前6至5世纪前后的百余年间，处于东地中海沿岸、南亚次大陆、东亚大陆的几大古文明板块，不约而同地进入一个精神飞跃时期。德国存在主义哲学家卡尔·雅思贝尔斯将这一时期命名为"轴心时代"，即人类精神枢轴形成的时代。这个"轴心时代"，也正是中华文化第一次大整合的"百家争鸣"时期，华夏大地思潮激荡、人文荟萃，儒、道、墨、法……尽显风流。其典型代表，生活在涡淮流域的老子、庄子及其创立的道家学派，和泗水河畔孔子、孟子创立的儒家学派一样，足以与同时期的苏格拉底、柏拉图、亚里士多德所创立的古希腊哲学学派，释迦牟尼所创立的佛教教派，以色列先知创立的早期犹太教教义相比肩、相媲美。

而"轴心时代"的显著成果，便是这些先哲先贤历经数代锻冶，铸造出观照宇宙、社会、人生的文本，成为延传后世并奉之为圭臬的经籍，这就是我们通常所称的"文化元典"。"文化元典"是指开启文化源头的经典著作："元"者，有"开启造肇""开头""第一""源头"的意思；"典"者，为经典、典型、典籍、典章的意思。它是一个民族在历史进程中，成为生活指针的具有首创性、广阔性和深邃性的文化经典。"文化元典"提供人类第一批原创性理念与范畴，构筑起诸民族乃至整个人类的精神家园。

在世界各文明古国，堪称"文化元典"的论著有：古印度的《吠陀》及承续其绪的《梵书》《森林书》《奥义书》；由"经藏""律藏""论藏"组成的佛典；古希伯来的《旧约全书》《新约全书》；古希腊的柏拉图《美诺篇》《巴门尼德篇》《理想国》，亚里士多德《工具论》《物理学》《形而上学》等群哲论著。

在中国，则有成书于先秦时期，经孔子整理的"六经"：《诗》《书》《礼》《易》《乐》《春秋》（因《乐》失传，故后世称为"五经"），以及由南宋朱熹加以集注的"四书"：《大学》《中庸》《论语》《孟子》，合称"四书五经"。其中《春秋》由于文字过简，通常与解释《春秋》的《左传》《公羊传》《谷梁传》并入合刊，合称"春秋三传"。"四书"以外，《老子》《庄子》《荀子》《韩非子》等诸子书，亦可视为中华"文化元典"。

"六经"初创本只有篇名而未加"经"字。"乐"本无经，传之后世的实为"五经"。起自商周王官，"学在官府"的西周，是一个典籍集体制作高峰期。西周晚期，王室衰败，士大夫摆脱王室附庸地位，以孔子为首的儒家学派，接绪整理、阐释发扬："述《易》道而删《诗》《书》，修《春秋》而正《雅》《颂》。"（《隋书·经籍志》）。然而，"仲尼未生，已有六经；仲尼之生，不作一经。"（龚自珍：《六经正名》）即如《春秋》，系鲁国国史，孔子也只是修订而非创作。因此，孔子并非"元典"创作者，而是传述者，"述而不作"即此之谓。在孔子之先，《诗》《书》《易》《礼》及《春秋》已有原始文本，而其传世本，经过荀子等的几代儒家的努力，迟至西汉初年方才确定。公元前124年，汉武帝罢黜百家，独尊儒术，立太学，设五经博士，从此《诗》《书》《礼》《易》《春秋》便被冠以"经"的名称，成为中国传统社会延续两千多年的经典教科书。

经孔子整理的"六经"，《诗经》为首。孔子在讲述"六经"作用时说："入其国，其教可知也。其为人也，温柔敦厚，诗教也。疏通知远，书教也。广博易良，乐教也。絜静精微，易教也。恭俭庄敬，礼教也。属辞比事，春秋教也。"（《礼记·经解》）排在第一位的就是"诗教"，它的功能就是教育人：为人要"温柔敦厚"。孔子还教导其子孔鲤曰："不学诗，无以言。"把《诗》作为规范一个人言行举止的教科书。现在一般的说法或者流行的观点，都把

《诗经》说成是中国第一部诗歌总集，是中国古代诗歌的开端，被定义为文学作品。实际上，它的内涵和外延远远不止于此。

首先，从成书的年代看，它收集了从西周初年武王灭商（前1066年）至春秋中叶（前11世纪至前6世纪）500余年间的诗歌共311篇（其中6篇为只有标题，没有内容的"笙诗"即：《南陔》《白华》《华黍》《由庚》《崇丘》《由仪》），最远距今约3100余年，时间跨度之大，世所罕见。

其次，从内容分类看，按作品出现次序分为颂、雅、风三部分："颂"主要是宗庙乐歌，《周颂》最早，作于西周初年，其余《鲁颂》《商颂》等都产生在周室东迁（前770年）之后，共有40首。"雅"主要是朝廷乐歌，作者均为贵族文人，分大雅和小雅，共105首。《大雅》也作于西周，除祭祀和宴饮之歌，还有几篇叙述周室先王事迹和武功的，是上古仅存的史诗，《小雅》产生于西周晚年到东迁以后，内容一部分与《大雅》相同，但对现实有所不满，除了宴饮、祭祀和史诗之外，也写出了一些反映人民愿望的讽刺诗。"风"是地方民歌，有十五国风，是全书中最为璀璨华丽、光彩夺目的篇章，共160首。郑樵将其概括为："风土之音曰风，朝廷之音曰雅，宗庙之音曰颂。"（郑樵：《通志序》）因古人汲取整数，常说"诗三百（篇）"。

再，就《诗经》的表现手法看，有赋、比、兴三种。

赋就是铺陈叙述，即诗人把思想感情及其关联的事物平铺直叙地表达出来；比就是比喻，以彼物比此物，"夫比之为义，取类不常：或喻于声，或方于貌，或拟于心，或譬于事。"（刘勰《文心雕龙·比兴》）诗人通过打比方的办法，借一个事物来作比喻，阐发对事物的认识及情感；兴则是触物兴词，客观事物触发了诗人的情感，引起诗人歌咏。赋、比、兴三种手法，在诗歌创作中，往往交相使用，共同创造了诗歌的艺术形象，既是《诗经》艺术特征的重要标志，也开启了中国古代诗歌创作的基本手法。赋、比、兴与风、雅、颂合称"诗经六义"，是《诗经》的精髓所在。

最后，从《诗经》的搜集、编纂结集看，归纳起来，有"采诗"和"献诗"两说："采诗"是上古时代的一种制度，周代设有采诗官，称"行人""遒人"或"轩车使者"，专门负责到民间采集民歌民谣，目的是了解民情，然后上报朝廷。《左传·襄公十四年》引《夏书》云："遒人以木铎徇于路，官师相规，工执艺事以谏。"杜预注："遒人，行人之官也。木铎，木舌金铃。徇于路，求歌谣之言。"何休在《春秋公羊传》宣公十五年《解诂》中解释"采诗"制度为"男年六十、女年五十无子者，官衣食之，使之民间求诗。乡移于邑，邑移于国，国以闻于天子。"由此可见，《诗经》的作者，虽有极个别见于诗中，绝大多数都来自民间。

"献诗"是指这些诗在采集来，献给天子之前，都经过了大师加工，最著名者前有尹吉甫，后有孔子。"献诗说"在《国语·周语》中有记载："天子听政，使公卿至于列士献诗，瞽献曲，史献书"，目的也是"观风俗，知得失，自考正"。这些经过搜集来的诗，经过多代大师筛选整理，大约在公元前六世纪编定成书，成为那一个时期的诗歌汇集——《诗经》。

《诗经》的基本句式是四言，间或杂有极少二言至九言的各种句式。以四言为主干，有韵律，有节拍，不仅可以吟、可以诵，还可以唱、可以舞，即所谓"载歌载舞"。它不仅是美的文辞，而且是美的声乐，故它既是文典，而又可以作为"乐语"，作为"声教"，为时人所诵习。

综上所述，"诗三百"经历了五百年的云和月、尘与土，吟诵出五百年的盛衰治乱、民间的欢乐与疾苦。它是一部全方位展示早期中国社会生活的经典作品。

作为经典，孔子建构起"六经"经学体系之后，《诗经》便承载起独特的文学教化功能。两千多年间，《诗经》为历代统治者所重视，就与此有着密切的关系。孔子在《论语》中曾精辟地提出他对《诗》的看法："诗三百，一言以蔽之，曰：'思无邪'。"(《为政》)"小子何莫夫学诗？诗可以兴，可以观，可以群，可以怨；迩之事父，远之事君；多识于鸟兽草木之名。"(《阳货》）在孔子看来，"诗三百"，差不多篇篇有情。的确，《诗经》中的大量篇幅，描写了人类最真挚的感情，赞美既文质彬彬又胸怀抱负的君子及其平凡而精彩的牧歌式生活，有谁不愿拥有这美好的瞬间？可以说，通过对《诗经》的阅读和研习，可以让人们从中得到追溯和向往人间美好生活的心灵启迪。这是《诗经》长盛不衰的根本原因。

在《诗经》成为经学要籍之后，历代研究者代表不乏名家，而以汉、宋、清三朝的成果最为显著。现上海博物馆所藏楚简《古诗序》（或称《孔子诗论》），是目前所见最早的阐释著述。到汉代，著名者有齐、鲁、韩、毛四家（齐派代表齐人辕固，鲁派代表鲁人申培，韩派代表燕人韩婴，毛诗学派代表鲁人毛亨和赵人毛苌），齐、鲁、韩三家为今文经学，初为显学。《毛诗》后出，是古文经学。至唐代孔颖达作《毛诗正义》，《毛诗》定于一尊，从而形成了《序》《传》《笺》《疏》的严密体系。在注重对字义、名物的训诂和考据，着力于经文本义的疏通理解和典章制度注释的基础上，将诗歌与政教相联系，宣扬王道礼仪，功利色彩浓厚。宋代虽然有"疑经之风"，但由于经学归于朱子之理学，《诗经》仍在严密连贯的解说体系之中。

清代开始全面整理与研究传统典籍，《诗经》自然不会例外。清初，学术界响起复古征实的呼声，《诗经》研究亦呈现出多元格局：或以古说为宗，注重训诂考证；或以《诗集传》为宗，专注推阐诗意；或不主一家，兼采众说。到乾嘉时期，考据学大兴，皖派经学大师休宁戴震的《毛诗补传》堪称佳作。嘉道间，更有泾县胡承珙的《毛诗后笺》、桐城马瑞辰的《毛诗传通释》、长洲（今苏州）陈奂的《诗毛氏传疏》三部名著问世。晚清时期，《诗经》的研究重心转向今文经学，著述颇丰。维新派（今文学派）和革命派（古文学派，或称国粹学派）都趋向变革，而变革的结果是取消了传统经学。其中影响最大当数梁启超。梁启超说："精金美玉，字字可信可宝者，《诗经》其首也。固其书于文学价值外尚有一价值焉，曰可以为古代史料或史料尺度。"（梁启超：《要籍解题及其读法》《饮冰室专集》之七十二）

五四运动以来，以文学治《诗经》者，最有名当数郭沫若在而立之年所作的《卷耳集》，《诗经》被定性为"文学作品集"，为"先秦三百"。探讨《三百篇》的"真"（科学实证）与"美"（文学审美），似乎成了研究的方向。但是，"如果只是把《诗经》当作单一的文学作品，显然是不恰当的。单一的研究模式不仅难以全面体现《诗经》的价值，而且会让《诗经》研究再次陷入新的困境。"（参阅夏传才：《二十世纪诗经学》）《诗经》被文学化、史料化后，现在更成为各个学科共同的研究对象。

正所谓"《诗》无达诂"。要对《诗经》加以解读，正确的方法就是回归传统，追根溯源，回到《诗经》当时产生的语境。今人扬之水在其所著《诗经别裁》前言开宗明义就指明："说起'诗三百'，我们今天总把它看成是'纯文学'，不过当时却不然，后世所说的文学，以及官僚，文人，民间，这些概念那时候都还没有。《论语·先进》中说到的孔门四学，曰德行，曰言语，曰政事，曰文学，此所谓'文学'，包括《诗》，也包括《书》和《易》，大致是指流传于当时的文献典籍而言。"因此，孔子所说"诗三百，一言以蔽之，曰：'思无邪'"是最接近《诗》产生的语境的。所谓"思无邪"，就是当时的吟诗者心无邪意，真情流露。"'诗三百'，差不多篇篇有情，所谓'兴、观、群、怨'，不过也是说着'有情'二字罢。其实若以一部《论语》论'圣人'，则这位圣人实在还是性情中人，他的钟情于《诗》，正是很自然的。"（扬之水《诗经别裁·伯兮》解读）一代文豪鲁迅先生有诗曰："无情未必真豪杰。"可能是得到了《诗经》的真谛。

今人马铭阳先生，浸淫《诗经》研究有年，在追寻《诗经》本原上狠下了一番功夫。他认为："找到成功人生的导航，是首要的大事。有了指路的明灯，才会走上正确的道路。人，最难回答的问题，是正确的做人标准……这是任何时代，任何一个人都要首先回答的问题。"他的回答是："我们祖先，早在文化形成的初期，就有了真理性的答案。说它是真理性的答案，是因为几千年后的今天，当我们准确破译了我们祖先远古智慧的密码，发现，我们祖先早有完整的答案，静静地在那里告诉我们做人的标准。"而《诗经》"就是我们祖先智慧的一部分"。为此，他花了数年时间，选取了《诗经》里《关雎》《鸤鸠》《樛木》三首，以三个篇幅讲解祖先做人的标准与实现做人标准的方法，以及做人应该具备的品格标准。每篇有起始，有"总解"，接下来是逐字逐句的分解。第一篇《关雎》，重点讲解了"窈窕淑女"作为女人的最高标准、"君子好逑"作为男人的最高标准；第二篇《鸤鸠》，重点讲解了"淑人君子"是做男人的品德标准；《樛木》重点讲解了做人的最高尚的品德，是要达到"福履"的境界，把帮助他人当作使命去完成。短短三首诗，运用了包括甲骨文在内的古文字学以及天文、地理、星象、节气等知识以洋洋洒洒近几万字的篇幅加以解读。细细读下来，真有点唐代诗人贾岛"两句三年得，一吟双泪流。知音如不赏，归卧故山秋"的意境。

也正如铭阳自己在全书《篇首语》中所说："我们要研究祖先的智慧、崇拜祖先的智慧、运用祖先的智慧，找到中华民族的根与本，才能自觉地建立我们民族文化的自信。找到中华民族的文化根源才能守住我们的本分，才能为实现民族复兴找到文化依据。"在今天他能有这样发自内心的感悟，实属难能可贵。读他的书稿，为他的勤勉、执着和不懈地探究而感动。寻根悟本，方为人间正道。

是为序。

翁 飞

公元 2022 年 12 月 12 日

前言

  对于什么是人？做人的标准是什么？做人的真理是什么？这个是做人必须要解决的问题。

  我们祖先在几千年汉字形成之初，就有了真理性的答案。破译我们远古祖先的智慧，懂得了做人的真理，就找到了成功人生的导航。

  本书是作者精心从《诗经》中选了三首诗：《关雎》《鸤鸠》《樛木》溯解，根据汉字形成的逻辑考证了这三首诗的本意并采用了白话的注解方式，逐字逐句地释解了我们祖先做人的智慧。

  认真通读了《根与本》，我们就知道了祖先做人的标准和真理，在今天用这个真理指导我们仍有现实意义。

写这本书的起因，

是为了给出家长回答这三个提问的答案。

当我们的儿女们渐渐地长大了

有一天儿子问爸爸：

一个男人，什么样子，才是成功的男人了？

作为父亲的你，会怎么回答他？

有一天女儿问妈妈：

一个女人，什么样子，才是成功的女人了？

作为母亲的你，会怎么回答她？

儿女问：

人的品格是什么？

家长要是在这本书里能找到答案，让孩子知道，我们祖先女人做"淑女"、男人做"淑人"、祖先做人的品德标准是"福履"，这样作者十几年的努力就有价值了。

读这本书的价值就在于讲明白了：祖先做人标准是什么，今天我们要继承的、优秀的传统文化是什么样子的。三首诗解写了近三万字的白话释解，寻根甲骨文破译我们祖先逻辑，作者费了14年的时间，追根溯源地诠释《诗经》的真正意义。

本书选了三首关于讲做人的诗的释解，以尽量少的字数，尽量白话的方式，讲述了我们祖先的做人智慧，希望能够给家长，提供一本家藏的教育儿女的枕边书。我们往往在孩子童年的时候会给他们讲一些童话，渐渐地他们长大了，孩子长到十几岁的时候，我们给他讲什么？就讲通《根与本》这本书。有了正确地做人的家庭教育，我们的孩子就会有正确的思维方式与正确的行为方式。

合格家长与优秀家长的区别。

为人父母的我们，面对自己的孩子，有莫大的责任，我们除了要把他们健康地养大，还要注重他们的心理健康，做到了这样，把孩子送入了社会，才是合格的家长。优秀的家长是什么样的？那就是还要赋予孩子们优秀的思维方式和优秀的行为方式。

栽什么树苗结什么果，撒什么种子开什么花。

我们教孩子，教什么？首先是选择的问题。选择很重要，选择什么教材，可能会决定将来的结果。选择优秀的传统文化为教材，等于选择了用我们祖先几千年以来积累的智慧开启了孩子的慧根，使孩子知道了中国人的根源能守得住中国人的本分。

学会借脑，选对书就等于借对脑。

教孩子，以什么为蓝本呢？依俗理还是依真理为蓝本？教育出来的孩子是追求真理还是追求俗理？结果差别极大。"求真"应该是通过家庭教育完成的任务，如果家长不能掌握真理怎么教孩子？

有个办法那就是学会借脑，找到真理，《根与本》这本书就是应了时代的要求而出的。

目 录

【第一篇】《关雎》

【篇首语】 002
【原文】 004
　《关雎》 004
【总解】 005
【诗解】 006
　提出做成功女人的标准 006
　关关 007
　雎鸠 007
　洲 008
　窈窕淑女，君子好逑 008
　窈 008
　一个成功女人要有城府 010
　窕 011
　窈窕一词，没有漂亮美丽的意思 012

1

淑	013
"淑"字当中体现的做人价值观	015
淑女	016
做成功女人的答案	017
做合格女人的答案	017
君子好逑	018
逑	018
为什么说"求"是"英雄之荣誉"	019
捕猎的智慧与英雄的荣誉	020
什么是荣誉呢？	022
做合格男人的答案	027
实现"窈窕淑女"的方法	027
荇菜	027
左右流之	028
寤	029
寐	029
服	030
悠	030
悠哉	031
"窈窕淑女"应有的内心涵养	032

琴瑟友之的现实性 ································· 033

友 ·· 037

"窈窕淑女"应有的行为修养 ················· 041

我们祖先怎么认识时与间 ······················· 045

时 ·· 045

间 ·· 046

时与间 ·· 047

时间与健康的关系 ································· 047

时间的运用能力 ····································· 048

【第二篇】《鸤鸠》

【篇首语】··· 054

我们祖先做男人的标准与实现标准的方法 ······ 054

【原文】·· 056

《鸤鸠》·· 056

【总解】·· 057

【诗解】·· 058

3

鸤鸠	058
桑	059
鸤鸠在桑	060
淑人	062
君	063
古文字"子"字	064
淑人君子	066
做成功男人的答案	066
其子七兮	067
其仪一兮	068
心如结兮	069
其子在梅	070
其带伊丝	071
淑人君子，其仪不忒	075
其仪不忒，正是四国	075
其子在榛	077
正是国人	077
胡不万年	077
正是国人，胡不万年	078

【第三篇】《樛木》

【篇首语】 082

【原文】 083

　　《樛木》 083

【总解】 084

【诗解】 086

　　我们祖先具有的品格：福履绥之 086

　　南有樛木 086

　　葛藟累之 087

　　乐只君子，福履绥之 088

　　君 088

　　君子 089

　　乐只君子 090

　　福履绥之 091

　　福 091

　　"福"字，作为价值观的内在含义 093

　　今天的我们对福的最大误解 093

　　履 093

　　福履的内在逻辑 094

绥之 ·· 094

我们祖先具有的品格：福履将之 ································ 096

葛藟荒之 ·· 096

福履将之 ·· 097

葛藟萦之 ·· 097

福履成之 ·· 098

后记 ··· 101

【第一篇】

《关雎》

【篇首语】

　　找到成功人生的导航，是首要的大事。有了指路的明灯，才会走上正确的道路。

　　人，最难回答的问题，是正确的做人标准。这个正确是指达到真理状态的标准。

　　做到什么样？才是优秀的人，换句话说，什么是成功的人？人做到了什么标准就是一生的成功？

　　这是任何时代，任何一个人都要首先回答的问题。

　　可是，今天这个问题我们很难回答。因为，我们总是患得患失，纠结于别人怎么看我们，怎么评价我们，所以，罗列了很多的文字，可还是不能说清楚做到什么标准，就是人生的成功。

　　那么，到哪里能找到正确答案呢？做人的真理到底是什么呢？有没有一句话能够说明做人的真理呢？

　　回答是肯定的，有！

　　我们祖先，早在文化形成的初期，就有了真理性的答案。说它是真理性的答案，是因为几千年后的今天，当我们准确破译了我们祖先远古智慧的密码，发现，我们祖先早有完整的答案，静静地在那里告诉我们做人的标准。

就是今天直接把我们祖先的做人标准拿来用，仍然是正确的，这个标准具有真理性。

任何事物都存在真理，真理是永恒的。做人的真理也是一样，一旦被发现、一旦被掌握、一旦被运用，它就会是指导我们做人的明灯，按今天的话说就是成功人生的导航。

我们要研究祖先的智慧、崇拜祖先的智慧、运用祖先的智慧，找到中华民族的根与本，才能自觉地建立我们民族文化的自信。找到中华民族的文化根源才能守住我们的本分，才能为实现民族复兴找到文化依据。

《诗经》就是我们祖先智慧的一部分。这里选了三首诗,以三个篇幅讲解我们祖先做人的标准与实现做人标准的方法,以及做人应该有的品格标准。

能不能用一句话就说出做女人的真理?
我们祖先做女人的标准与实现标准的方法是什么?
让我来把《诗经》中对《关雎》这首诗的研究结果,分享给大家。

【原文】
《关雎》
关关雎鸠,在河之洲。
窈窕淑女,君子好逑。
参差荇菜,左右流之。
窈窕淑女,寤寐求之。

求之不得，寤寐思服。
悠哉悠哉，辗转反侧。
参差荇菜，左右采之。
窈窕淑女。琴瑟友之。
参差荇菜，左右芼之。
窈窕淑女，钟鼓乐之。

【总解】

《关雎》这首诗是我们祖先当年告诉世人，做女人的标准是："窈窕淑女"。

诗中还教了方法，告诉我们怎么做才会成为"窈窕淑女"。

这表明了在几千年前我们祖先是希望世人，即便是身处和平安逸的时代，也不能降低做女人的标准，并去实现标准。

《关雎》中主要是明确地讲：

"窈窕淑女"，是作为女人的最高标准。

"君子好逑"，是作为男人的最高标准。

重点讲了做女人的标准，以及如何成为"窈窕淑女"的方法。

【诗解】

提出做成功女人的标准

关关雎鸠，在河之洲。窈窕淑女，君子好逑。

诗的第一句的前半句，用一个非常美丽的画面，说明这是一个国泰民安、和谐恬然的时代背景。

在一个四面环水的小岛上，水鸟发出关关的和鸣，仿佛在唱着情歌，又好像是在诉说着它们快乐的生活。画面和谐宁静、温馨浪漫，令人羡慕神往。

水鸟是非常机警的，很小的动静都会使它飞走。

诗中用水鸟在一起和鸣,来暗喻人所处环境的和平与安逸的程度,说明这是一个国泰民安、生活恬然的时代。

关关

关关,在古汉语里专指鸟儿的"和鸣",鸟儿的和鸣就好像是一对小夫妻在说情话。

雎鸠

雎鸠,是一种水鸟。这种水鸟有个特殊的习性,就是当它成熟后,一旦选择好伴侣,就要厮守终身,如果其中某一只鸟意外死亡,另一只就会为它殉情,这是雎鸠的一个特性。

洲

洲，就是一种岛，这种岛四面环水，是由于河水流动带来的泥沙的淤积，久而久之泥沙越积越多，慢慢地浮出水面，最终形成了一个四面环水的岛。

窈窕淑女，君子好逑

诗的第一句的后半句，提出了整首诗的核心，表达了诗的主题，即做女人和男人的最高标准分别是：

女人要做"窈窕淑女"，把深邃、端庄作为女人的最高标准；

男人要"君子好逑"，把追求英雄之荣誉作为男人的最高标准。

窈

窈：是指人内心深邃的意思。

窈，上面是一个"穴"字，下面是一个"幼"字。

"幺"字是小的意思。从古文字上看，我们祖先用脱了壳的小虫，造的"幺"字，是年龄小的意思。

"幼"字里面的"力"字，是一只手向斜下方伸过去，有掏、捉的意思。

我们可以想象得出，"窈"字是祖先从挖蚁穴来获取食材的经历中，发现了洞穴的深与通，造了"窈"字。表达生活中有一种人，他们在再多、再乱、再复杂的事物面前，都能从容应对，这种人要有多么强大的内心。祖先智慧的发现，把人应该有的深邃的内心，用"窈"字表达最为贴切。人的内心是看不到的，就像蚁穴一样，如果不去打开，无法想象到穴内的状况，是那么大、那么深，并且功能齐全、复杂却又井然有序。成功的人就是要有这样的内心，有再多的事也能做到内心井然有序。

"窈"是深邃。指的是一个成功女人的内心要能装得下很多的事情，而且，能把这些事情按轻重缓急处理通顺。

一个成功女人要有城府

城府，这个词今天成了贬义词，实质上城府这个词并没有什么贬义和褒义。

城，指的是体量，远古时期分封制的年代分封一个侯，给一块封地再给万户的税收的权力，就可在封地围上城墙，就是一个诸侯国，它表达的是体量感。

府，就是这个城里面的办事机构，专门处理城里发生的各种繁杂的事物。

城府，放在一起就是说，一要有度量装得下这么大的体量，二还要能处理好这么多繁杂的事情。

如果将城府和胸怀两个词做对比，城府这个词用起来更加具象，而胸怀这个词用起来更加抽象，所以说深邃还是用城府这个词表述更加贴切。

智慧的祖先发现，把人应该有的深邃的内心，用

"窈"来表达最为贴切。

窕

窕：是专指人内心中要有的秩序。

"窕"字是古人在掏野蜂窝取蜂巢的劳作中发现，蜂穴内中间是通道，左右两侧整齐排列着蜂巢。"窕"字，用于表达生活中有一种人，做事条理性非常好，处理问题分得清轻重缓急，非常有秩序感。智慧的祖先发现，人该有的内心秩序，用蜂巢在蜂穴里的排列状况表达最为准确。所以，造了"窕"字。不打开洞穴是不知道洞内的排列非常有秩序，所以说用来比喻人内心的秩序。

蜂穴入口是一个很小的洞口，只有3—4毫米直径，只能进去一两只蜂，往里面挖开它以后，洞里面有几米长，直径有60厘米左右，蜂巢左右排列有序，相互贯通。

在古文字中，"窕"字的上面是"穴"字，下面的"兆"字由中间的通道和通道两旁排列有序的蜂巢组成。今天养蜂人用的木质蜂箱，就是模仿原始蜂穴的形态制造出来的。

"窕"是洞穴内排列有秩序的意思。指的是人内心秩序，能把轻重大小事务排队，也就是能在正确的时间段，选择正确的地点，做正确的事情，且井然有序、条理清晰、有条不紊。

窈窕一词，没有漂亮美丽的意思

科学家们研究发现白蚁洞，是一个立体结构，这是一个非常复杂的地道工程，会在里面看到主巢、副巢、食物储藏室等，甚至还有非常复杂精密的通气系统。而"深"指的是复杂，"邃"指的是畅通，这就是现实生活中深邃形象化的场景呈现。

当科学家继续对白蚁洞深入探察，发现白蚁洞不仅精密、复杂，而且各个巢穴之间有宽敞的蚁路相通，即深邃。各孔隙的排列也井然有序、很有规律性，生活区域和食物存放区域分开布置，幼虫、成虫的生活区域位置有所区分，这实质上就是秩序。

所以说，**窈窕并不是形容女子的漂亮美丽，而是形容女子内心的深邃、有秩序。**

做女人外在的言谈举止要从容大方，为人处世要坦然得体，看上去要端庄。

做女人要有度量，心里能装下很多事，还能将这些事处理通顺，分轻重、知缓急，井然有序、有条不紊。而不是硬憋着很多事，让这些事闷在心里，没有解决的能力，久而久之不是憋出病，就是产生怨气、仇恨，甚至发生极端行为等不良后果。

淑

"淑"，主要指做人达到了极致；"淑"字在古文字里是形容极完美的男人和极完美的女人。

古文字的"淑"字，呈现的是祖先当时选庄稼种子的劳作场面。他们把庄稼的果实倒入水中，然后将一部分浮在水面的瘪籽扔掉，用右手轻轻地在水中搅动使水旋转起来，绝大多数粟粒随着水的旋转而产生离心运动，利用颗粒重量，将饱满的与不饱满的分开，选饱满的粟粒留存下来，留存下来的极少数粟粒便成了种子。

古文字的"淑"字，呈现的是我们祖先当时选庄稼种子的劳作场面，依据操作的动作和结果造了古文字"淑"字；与现在的淑"字形"很不相同，现在的淑字看不出操作的动作。

现在的淑字，左边是水，右边那个"又"字是手，中间那个"朩"字是农作物的果实，叫朩（shū），用水来选择果实种子。

"淑"字当中体现的做人价值观

我们祖先一直是农耕民族，庄稼产量是人们赖以生存的根本，庄稼品质的高低、产量的多少，首先取决于庄稼的种子，选好种子是最重要的事，决定庄稼的收成多少。庄稼的收成好坏决定生活的质量、生命的存亡。所以，选出最好的果实让它作为下一季播种的种子，是第一等大事。**能作为庄稼种子的就是品质最高的庄稼果实，不能做种子的就只能做食物。**

我们祖先将选庄稼种子这么重要的事情用来造了"淑"字，用于形容被选择出来的极完美的人。极完美的女人为"淑女"，极完美的男人为"淑人"，这是祖先的智慧。

庄稼种子只是比喻，**拿选庄稼种子方法的逻辑，来比喻人的传承和养育后人，愿每个男人都成为"淑人"，愿每个女人都成为"淑女"，把教育我们的孩子成为"淑人""淑女"当作做人的价值观代代相传。**

淑女

淑女：是可以传承优良品质，能从精神上把人性的优良品质传下去的女人。第一她是具有人性的优良品质，这里指的是挑选出来的种子；第二是会传承，有坚强的信念，这里指的是种子会发芽，成功的一代一代传承下去。

《诗经》本身是为了教育后人、启迪心智的，当年毛公收集成册的时候不叫《诗经》，叫"毛诗"或"诗"。过了几百年后，人们觉得它经典，有不可颠覆的真理性，才称它为《诗经》。直到今天几千年过去了依然如此。

如果把"窈窕"解释成形容女子外表的美丽，则体现不出我们祖先的智慧，更无法被后人誉为《经》了。

《诗经》的开篇之作《关雎》，就是我们祖先在生活实践中总结出来的做人标准，其中重点阐述做女人的标准。

说明我们祖先懂得女人强则族人强，女人弱则族人弱的道理，所以开篇以"关雎"这首诗，讲女人的标准，说明当时的社会重视女性高于重视男性的状况。

做成功女人的答案

当女儿问你：妈妈，我作为一个女人，怎么做，做到什么程度，我就是成功的女人了？

告诉女儿，要做到"窈窕淑女"。

女人，一生都要用"窈窕淑女"的标准衡量自己的言行，努力地成为"窈窕淑女"，你就是成功的女人。

做合格女人的答案

一生走在追求成为"窈窕淑女"的路上，你就是合格的女人。

君子好逑

好逑：指发自内心的，走在为了获得"英雄之荣誉"的路上。

我们祖先告诫后人，男人要发自内心的为了获得"英雄之荣誉"，不论你是否能够获得，只要你一生都走在这个过程中，哪怕你没有获得也是成功的。

好：是发自内心的、自愿的，不是被别人逼迫引诱的。

逑

逑：是指正行走在获得"英雄之荣誉"的道路上。

逑 = 求 + 辵（chuò，辍）

求：古文字"求"是"英雄之荣誉"的意思。是猎人一只右手斜举起攥着的多个野兽的尾巴，展示其捕获的猎物的意思。

辵：小步行走的意思。不是两只脚交替行走的步法，而是一只脚总是在前，另一只脚总是在后的步法。表达朝着固定方向走的意思，带有目标坚定的含义。上面是行，下面是止，有动有止、有行有停。（辵，chuò，辍）"辶"字＝"辵"字。（把"辶"chuò字读成"走之"的读法不规范，但是习以为俗了）

为什么说"求"是"英雄之荣誉"

"求"，上半部是一只右手在向上斜举，下半部像两个出了头的"个"字摞在一块，"个"字在古文里如果竖画出头了就是动物尾巴的意思，两个出了头的"个"连在一起它不是只指两个尾巴，而是表达重复多个的意思。在这里表示多个野兽的尾巴。

我们祖先在远古时代，以采集与耕种为生，很多时候温饱无法保证，男人就需要出去捕猎，能捕到大型猎物的男人，受到大家的敬重，获得更高的地位。

只有勇敢的猎人才敢向猛兽挑战，这些人就是英雄。猎人在捕获了大型猛兽回来以后，都会把大型猛兽的牙齿和尾巴单独留下来，用牙齿做成项链或项圈挂在脖子上，用尾巴做成帽坠挂在胸前两边，以显示自己做猎人已取得的成就，并得到大家的尊敬与赞许，这便是早期"英雄之荣誉"的形成过程。

捕猎的智慧与英雄的荣誉

远古时期，勇敢的猎人去狩猎，为了引来野兽，会在自己的头上扎个雉鸡翎或野鸡尾巴。狩猎时，猎人隐藏起来，头上的雉鸡翎露在外面佯装有野鸡活动，以此将猎物引过来，猎人正好乘机将猎物捕获。这反映了猎人的勇敢和智慧。

再后来部落逐渐形成，部落之间难免有纷争和冲突，一旦要靠武力解决时，猎人先冲上去，以保护各自的部落领地与族人。随着社会生产力的发展变化，朝代开始形成，再往后有军队性质的组织便逐渐形成。

直到清代，官帽上仍保留着貂尾，皇上往往用花翎对官员赏赐，花翎既是孔雀的尾羽，花翎很漂亮，象征着荣誉。

从历朝历代的一些绘画作品里边可以看到，区分文官武官的，就是帽子上是否有插花翎，有的就是武官，没有的就是文官。

由此可见，"英雄之荣誉"是从"求"字一步一步演变而来，并延续至今。

君子好逑就是男人要发自内心去做英雄以获得荣誉，每天都要追逐英雄之荣誉，最后去实现英雄之荣誉，就称得上君子。

在我能查得到的自宋代版本以来近千年的历史，很多出版物将"窈窕淑女"解释为美丽的女子，将"君子好逑"解释成追求美丽的女子，要有君子风度，这种解释不符合我们祖先的智慧。

为此，本书将"求"字做了一个深入的剖析，做了一个演进详解。

不能将君子好逑的意思解释成"把漂亮女子娶回家"。

什么是荣誉呢？

"荣"，就是用能力帮助别人，实现自己人生价值和生命意义的全过程。

古人用两个火把交叉燃烧，造了"荣"字。

两个火把表示的并不是只有两个火把的意思，而是重复的意思，一个接一个不断地燃烧火把直至每一个都成为灰烬。

"荣"字的逻辑是：使用某种能力释放某种正向能量的全过程。换句话说就是用自己的能力，去干有益于他人的事，这样的释放能量才能称得上是荣。荣必须具备两个境界，一是无条件给他人带来温暖与光明；二是不惜燃烧自己直至成为灰烬。

人要找到自己的某种能力，用这个能力立足社会，用这个能力释放能量，给他人带来温暖与光明，直到自己的一生结束。

例如先天的好嗓子，后天学的唱歌技术，演出的歌曲动听达到了使人动心的境界。好嗓子与演唱技巧好比是火把，能唱出动听歌曲好比是火把燃烧的过程，达到了使人动心的境界，好比是给他人带来温暖与光明。

例如后天学的知识，数学、物理等等，就是储存能量，将来走向社会并使用知识服务社会就是释放能量，相当于让自己成为火把，给他人带来温暖与光明。

我们祖先只用一个"荣"字，就说明白了人生价值的哲理。

我们可以利用这个哲理教育孩子，从小学习的时候就要知道，学习的目的只有一个，就是储蓄能量、增强能力，这就是找到自己的"荣"，增加自己的

"荣"。长大后走上社会工作时，能为他人带来尽可能大些、多些"荣"，去为他人带来温暖与光明，这就是最大化地释放自己的能量，实现自己的"荣"。

所以，我们都要尽可能地学习更多的技术、拥有更多的能力，好在将来能够散发出最大的光和热。

我们祖先在漫长的生活中发现有这样的人存在，他们总是能牺牲自己成全他人，被成全的人和他们之间并没有什么血缘关系，成全他人而不是为了什么回报。这是一种高尚的品格，是人类所特有的品格，这种品格是多么重要。

用什么代表这种品格的重要？自然界里什么与这种品格一致呢？用什么来表达这种品格使人能得到共鸣呢？要设计什么样的符号来表达呢？是"火"，我们祖先发现自然界里，火对人们是多么重要，祖先把用火和保持火种的方法，上升到了哲学层面，造了"荣"字。

"荣"，是指每一个人都有自己的能力，都可以用这个能力去帮助他人。

我们每个人首先要认清自己的长处是什么，用自己的长处给他人以帮助，这叫作先找到自己的"荣"。就像木头有这个燃烧的特长，但是不点燃它，它是不会燃烧的。

每个人的"荣"不同，每个人的能力不同，有大小之分，但实现"荣"的信念是相同的。

今天的我们必须要知道，我们的家庭教育必须围绕着"荣"展开，才能培养出真正的人才，否则家庭教育则可能是失败的。

誉，是用恭敬的态度来表达的赞美之词。例如：今天我们在一些影视作品里可以看到臣子们交谈时，凡是提到皇上的时候都要拱手，即使皇上不在面前，臣子们仍然会拱起手来，臣子们拱起手说的那段赞美之词就是誉。

荣誉：是专指对用行动去实践"荣"的人或者组织的认可，并以恭敬的态度赞美。

例如，有无数革命先烈抛头颅洒热血，为了人民的解放付出了生命；有无数的优秀共产党员，以及共产党领导下的人民军队的官兵，都是爱民的践行者。他们热爱、保护老百姓，让老百姓深深地感受到了党的温暖，当年延安的老百姓就用唱歌的形式赞誉他们，"共产党像太阳，照到了哪里哪里亮，哪里有了共产党，哪里的人民得解放。"以为人民服务为宗旨，用行动付诸实践为人民服务的过程，就是共产党的"荣"。民歌中唱的，"共产党像太阳，照到哪里哪里亮，哪里有了共产党，哪里的人民得解放。"是人民给予中国共产党的"誉"。像太阳的比喻是至高无上的赞美。

这就是"荣誉"的精准解释的例子。

做合格男人的答案

当儿子问你：爸爸，一个男人，怎么做，做到什么程度，才是成功的男人？

告诉儿子，要做到"君子好逑"。男人，一生只要走在为获得英雄之荣誉的路上，无论是获得了"英雄之荣誉"还是没有获得，你的一生都是合格的男人。

我们智慧的祖先用"君子好逑"四个字告诉后人，成功男人的追求是"君子好逑"。

实现"窈窕淑女"的方法

参差荇（xìng）菜，左右流之。窈窕淑女，寤（wù）寐（mèi）求之。

荇菜

荇菜，是一种多年生的草本水生植物，叶子像马蹄形状，生长在小河流和池塘里，漂浮在水面上，根扎不到河床或池塘底下，无法固定在一个位置生长。当河水流动的时候，随着河水的流动，荇菜有时会被冲到河的左边，有时被冲到河的右边。它在池塘里亦是如此，有时候风把它吹到那边，有时候风把它吹回到这边。

左右流之

诗中说"左右流之"，这本来是荇菜的自然现象。被我们智慧的祖先上升到了哲学层面上，把它选来做"窈窕淑女"的反面教材，与"窈窕淑女"的标准做对比，把抽象的哲理，形象地、画面般地展示了出来，再加上精确的文字描述，使得我们很容易理解。

女人若想提升自己，达到"窈窕淑女"的标准不会像采摘荇菜时那样唾手可得；女人更不能像荇菜一样没有自信没有立场随波逐流。

寤

寤：指的是白天，白天出了家门，街坊邻居都会见证；即使不出家门，家里的人也能见证。

寐

寐：指的是夜晚，到了夜晚，回到房间，只剩自己的时候，也要以窈窕淑女的标准来约束自己。

在此，我们祖先教育并告诉后人，做女人不仅要能经受得住外部的影响，而且还要有自主的立场，自己的主张，坚持自己的标准，选择什么、放弃什么是要以符合做"窈窕淑女"为原则；不能像荇菜那样随波逐流、飘忽不定、没有立场、没有原则；而应以窈窕淑女的标准来要求自己，白天、夜晚、人前、人后都做到深邃、端庄。

求之不得，寤（wù）寐（mèi）思服。悠哉悠哉，辗转反侧。

"求之不得"紧扣"寤寐求之"，意为不得求之，指即使女子日夜按照窈窕淑女的标准来要求自己，都难免有疏漏、瑕疵、不足之处。这就需要日夜自我提醒，并全身心地投入，以达到"窈窕淑女"的标准。

服

服，是全身心投入的意思。

这句讲的是，"窈窕淑女"的荣誉在还没有得到时要"寤寐思服"，无论白天、夜晚都要思考自己哪里有疏忽、瑕疵、不足之处，并全身心地按照"窈窕淑女"的标准来要求自己。

悠

悠，是很长时间影响到内心的意思。

悠哉

悠哉，是很长时间保持着的一种状态，直到影响到内心。

辗转反侧，指由于不能得到"窈窕淑女"这个荣誉，所以掂量来掂量去反复对比的意思。

如果女子想成为窈窕淑女，先要学窈窕淑女的样子，长时间地保持，反复地掂量着、对比着、思考着，有不足之处就全身心地投入改变、达到量变。由表及里，由开始的外表到影响内心，由外表的保持达到内心的变化，养成内心的习惯最终引起质变，这便是窈窕淑女习惯性，言谈举止的养成。

我们的祖先告诉后人，一个人无论是谁，当你确立了追求荣誉的标准以后，或者说确立了一个榜样目标以后，想要急于达到这是不可能的，所以提出要寤寐思服、悠哉悠哉、辗转反侧。

"窈窕淑女"应有的内心涵养

参差荇菜,左右采之。窈窕淑女,琴瑟友之。

荇菜,生长在小河流和池塘,因为根短,不能扎入水下池塘底生根,所以漂浮在水面上、贴在岸边聚在一起生长,沿着岸边想要采到它是一件非常容易的事情,所以诗中说"左右采之"。我们祖先告诉后人,成为"窈窕淑女"不可能像采摘荇菜一样非常容易、唾手可得,而应以"琴瑟友之"。我们祖先以琴瑟的特性来比喻"窈窕淑女"内心应持有的节操与节度,来作为思想与行为方式的总指导。

首先,从外表看上去要精致,要像琴瑟一样精致,具有乐器自身精致的特征。穿戴打扮得体,给人端庄雅致的感觉,像琴瑟的做工一样极致讲究。

然后在精神境界上要有高要求,内在来说,要像琴瑟一样在弹奏之下能发出悦耳、动听的音色。

演奏时产生的美丽音乐是由节拍、节奏组成的悦耳、动听的旋律。

窈窕淑女，是女人的极高标准，应把持着做人的节操、节律和节度。

以"琴瑟友之"的比喻和达到"窈窕淑女"的标准之间的内在关系，表达怎么完成女人美好的人生。

琴瑟友之的现实性

琴瑟，是乐器，是器物，怎么能与人成友？

诗中琴瑟在这里是正面的教材，首先，我们见到的乐器，外观的造型和装饰都是精致无比的。在专业性要求上，乐音的准确性决定了音品的精准不能有丝毫偏差。

女人要成为"窈窕淑女"，直观上要自身精致，比如：讲究得体、衣着干净。梳妆上还要认真细致、一丝不苟、干净利落，要把女性的精神特征：庄重、大方、从容、得体，充分从外观上体现出来。

琴瑟是用精益求精的态度和极致完美工艺制作的器物，用琴瑟来比喻做人，也是表达做人首先要追求自身的精致与完美。

再看，乐器的本质是要发出精确的音准，然后是美丽的音色，如果音准上有丝毫的偏差，这个乐器一定是次品，所以乐器定音的各个音品的准确性就变得尤为重要。

这比喻女人要成为"窈窕淑女"不仅要准确地知道"窈窕淑女"的标准，而且做事情，要准确地去达到标准。就是借"琴瑟"的音准标准，来比喻成为"窈窕淑女"的行为标准一样，并且还要正确地思考问题。

把女人的行为比作是一把琴瑟，把指令女人行为的"内心"比作是一个琴师，这样在琴师准确地演奏中，琴瑟会有美丽的音乐。女人会在"内心"的指令下按"窈窕淑女"的标准去行动。

有了"窈窕淑女"的内心,也就是当今说的女人的世界观就有了"窈窕淑女"的行为依据,因为人的行为受思维习惯的支配,就有了成为"窈窕淑女"的保证,也就不会是无根之木,无源之水,说变就变,受情绪的影响。

这样女人的内心就会有"窈窕淑女"的标准了。

任何事物都有它的真理性,从思维上、行为上追求事物的真理性,就是精致准确的。这是内在的逻辑出发点,用"琴瑟友之"来比喻琴瑟内在的实质,与"窈窕淑女"内在修养的实质相同。

琴瑟演奏是让我们感受到了它内在品质的完美,琴师在弹奏乐谱、演奏优美的旋律时,给人们以精神的愉悦来实现音乐的价值。琴师还需要非常刻苦地练习曲子,探索乐谱所要表达的主题,极力表达真正的主题来实现极致完美。

比喻女人要实现自己的内在价值,就要像琴师把握琴谱与琴瑟演奏的准确一样把握自身,实现"窈窕淑女"的一生。

要探索人生主题的价值观,探讨"淑女"真正内在行为的标准,找到正确的自律与自我的节度。

人生就像演奏一首完美的乐曲一样,"窈窕淑女"的标准就好比是谱子,把人生的每一天都比作是乐谱中的一个音符,每一天的言行都按"窈窕淑女"的标准去做到,天天积累,就会实现一生的完美。

把自己的内心与行为,形成"窈窕淑女"的思维习惯与行为习惯,而不是实现不了的空洞口号,更不是把实现"窈窕淑女"变成压力与负担。

我们祖先以琴瑟与为"人友"做比喻,说明我们祖先在做人的哲学高度上,是掌握了真理,有理论和行为标准的。

这个形容有两个内容的对比，一个是内在实质的；一个是能表现出来的外在的结果。

把非常难以准确表达的东西，形象直观地表达得清清楚楚，这是我们祖先的高明之处。

直到今天，我们对人的评价，仍然在用与音乐相关的形容，比如说一个人靠不靠"谱"，这个"谱"指的就是有没有做人的标准。以此来表达一个人有没有原则，值不值得信任。靠谱就是在某件事上可以信任，不靠谱就是不可信任。再比如说：英雄谱。

"窈窕淑女"是人。"琴瑟"是乐器，是物。人和物怎么能成友？

友

友：古文字中"友"字的由来，我们祖先在生活中，人与人之间存在这样一种关系，人群中有共同兴趣爱好，或者从事相同工作的人在一起会建立友谊的群体，怎样准确地表达这种关系呢，我们祖先创造了"友"字。甲骨文是用两只右手并列在一起造的"友"字。

"手"在这里是代表人做事的行为，因为人类有手，才会做最高难度的动作，才会制造复杂的东西，人劳作、干活主要靠手，唯有"手"最能准确地代表人的行为。

两只右手并列表示多人干同样的事情。一个人不可能长两只右手，两只右手也不是仅仅代表两个人的右手，而是代表多个人同时在干同样的事情。这就表示多个人都在干同样的事情并产生同样的结果。

比如，一起当兵的战友，到了战场上干同样的事叫杀敌，共同的目的是胜利，还有书友，等等。

能成为"友"说明是水平接近，水平相当的，才会成为"友"。

这都是完成同样的行为，并产生共同的结果。选择用手来代表行为是我们祖先的智慧，再没有比手更适合代表人的行为了。

简而言之，水平相当、有共同爱好的人在一起为"友"。

友，讲的是人与人之间的关系，但诗中出现的"窈窕淑女，琴瑟友之"中的"窈窕淑女"是人，"琴瑟"是物。乍一看，似乎毫无关联，人怎么能和物成为友呢？

琴棋书画，从古至今都是用来提升修养的器物，它们滋养人的精神和灵魂，开拓启迪人的智慧。而且琴是排在首位的。

"参差荇菜"的容易得到，与"窈窕淑女"的不容易得到进行对比，告诉世人"窈窕淑女"要像"琴瑟"一样在弹奏时有节奏、节拍，从而形成韵律，表现出悦耳动听的旋律，"窈窕淑女"要把持着节操、节度、节律，形成自己的思维方式与行为方式，始终要用有精神境界的标准来要求和约束自己，这就是成为"窈窕淑女"的内心精神所在。所以我们祖先告诉后人"窈窕淑女，琴瑟友之"，只用了四个字"琴瑟友之"便形象地概括了复杂的变化过程，成为"窈窕淑女"首先需要达到的内心境界。

当今，教乐器的学习班很多，收费也很高，是否懂得"窈窕淑女，琴瑟友之"，是否能够用音乐教导、启迪学生智慧呢？

要怎么用音乐给学生开慧根呢？

孩子从小练琴，从易到难，刻苦练习，逐渐会演奏一些悦耳动听的曲子，孩子不用花很长时间就会从音乐学习上获得一种成就感。

如果能将孩子最初的这种成就感引到人生的层面上，及时给予赞美。实现美丽的人生并不是特别难，它就像弹琴一样，只要不弹错音符，把握好节奏与节律便能弹出一首悦耳动听的曲子。

学琴的过程很漫长，如果教琴老师与家长能够在这个漫长的过程中，一直拿这个理念去教育，孩子们的慧根一定会在某一瞬间被打开的。

"窈窕淑女"应有的行为修养

参差荇（xìng）菜，左右芼（mào）之。窈窕淑女，钟鼓乐之。

芼，是乱的意思。

荇菜在夏季生长得特别茂盛，繁衍得特别快，一大片一大片地生长在小河边和池塘边，这棵的枝叶会穿到那棵的枝叶之中，那棵的枝叶会穿到这棵的枝叶之中，即枝叶在水里相互交错着生长，攀而乱，所以就形成了乱长乱攀的现象。"左右芼之"这句话是在说明什么呢？它暗喻"参差荇菜"没有规矩、没有规律、乱长乱攀，我们祖先拿荇菜的这个特性，形容到人身上是指没有时间观念，不是依据时间段来合理安排事情，做起事来毛毛躁躁，缺少条理性，结果一天下来一件事也没做好。

我们祖先用这个来告诉后人，女子不能像荇菜一样乱攀乱窜，而应该以"窈窕淑女"的标准要求自己，古代按照钟鼓报时，依钟鼓来表达时间，作为每天行为内容秩序的依据，在不同的时间段内干这个时间应该干的事。使得生活精确有序，而不是紊乱、无章法。

为了实现这个目标，日夜坚持下去，每天都要找到在日常生活中那些没有按照"窈窕淑女"标准去做的事，日夜反思比较，加以改正。如此日积月累，就会从量变到质变，成为习惯，也会由表及里、表里如一，达到"窈窕淑女"的标准。

把每天的事务与事物之间的矛盾，处理得没有先后、轻重的秩序，不知道解决主要的矛盾，找不到重点处理，结果既浪费了精力，又耽误了时间，事物的矛盾仍然摆在那里。

人与人之间没有距离感，不会划分人群，对所有的人都是一样，事物情感不分，乱拉关系、乱攀亲情，东家说说西家唠唠，拉家常说是非，浪费了该干事的时间不说，还挑起了些许的矛盾，使得人与人之间关系更乱。

女人不能和荇菜一样乱没有秩序、没有独立的自我控制能力，相互乱攀地生长在一起。

钟鼓，是两个报时专用的器物，晨钟暮鼓。古代是用日晷（guǐ）和沙漏计时，即：有阳光的时候看日晷的投影计时，没有阳光的时候按沙漏中沙子的流量计时。

古代还有专门报时辰的官，负责每日的报时工作，晨钟暮鼓准时敲响。一些城市，如北京、西安、开封、洛阳，至今依然有钟鼓楼古迹矗立在城市中心。

大的城市当时都有钟鼓楼，小的乡镇在十字街，也设有钟鼓架用于报时，所以晨钟暮鼓就是报时。

我们祖先的智慧：人的一天按时辰分配好，运用好，这就是"钟鼓乐之"，是成功的首要条件。

"乐"，是人发自内心的意愿。比方说乐于助人，那是发自内心地愿意帮助人，助人为乐是指发自内心的以帮助他人为快乐。

所以说，"钟鼓乐之"用在这儿的意思是：发自内心的愿意，按着时辰来安排一天的生活。

女人的一生有好几个阶段，小的时候是小女孩，出嫁了是媳妇，有了孩子是人母，有了孙子就是祖母。不管在哪个阶段，女人首先都是要学会运用时间，讲规律和规矩，有条不紊地安排好一天的生活，这就叫"钟鼓乐之"。

"钟鼓乐之"比喻什么呢？比喻时辰的重要。就是说，"窈窕淑女"的行为不能像"参差荇菜，左右芼之"那样没有规律。"窈窕淑女"的行为要有规律，有规律的依据是什么呢？依据时辰，按时辰安排一天的生活，该起床就起床，该睡觉就睡觉，在哪个时辰该做什么，都要发自内心的意愿去做，而不是被动、被迫去做。

"钟鼓乐之"这一句诗讲的是一个"窈窕淑女"的行为，生活当中怎样安排自己生活的行为，具有非常伟大的智慧。为什么给予如此高的评价？每个家庭都有一个主事人，在家里操持着家务，日复一日，年复一年。如果说，家家都有一个达到"窈窕淑女"标准的女人，操持着每天的家务，这个社会将会是什么样的？是不是安宁、安详的社会？一定是和谐、安定、进步、正向的社会！

我们祖先怎么认识时与间

时

我们祖先把太阳上升位置不停地变化称为"时"。从我们祖先造的甲骨文字"时"字的字形中破译出的内在逻辑可以看出，从地球上看太阳，太阳升起后，在天上的位置是一直在不停地变化，上升、上升、一节一节的上升。

间

从古文字"间"字的字形中看是太阳在门的上方。表达的意思是只有白天太阳照进各家各户才能称为"间"。门是各家各户区分的标志性代表，门内的都是私有的，所以照进门的太阳光是私有的，这就是古人造"间"字的逻辑。

从我们祖先造的甲骨文字"间"字的字形中破译出的内在逻辑来看，"间"是太阳在门的上方照进来，意思是太阳分配到各家各户，太阳是相同的、是无私的同时照耀着大地，照进千家万户，这里面暗喻着各家各户使用太阳光的能力不同，干的劳作内容也不同，久而久之，成功就各不相同，善于使用的就旺家，不会用的就败家。

时与间

"时"是共有的太阳无私地普照大地，人们无偿地共享太阳的恩赐。"间"是人们对太阳光的有效利用。因为每个人利用"时"的能力不同，所以人生的成就便会不同。这就是时间与人的关系。

时间与健康的关系

按时吃饭、保持足够的睡眠才能有旺盛的精力与足够的体力。

人的身体是血肉之躯，吃饭能补充热量、补充营养、保持体力，睡觉能恢复体力与精力，吃饭、睡觉是必须的。按时吃饭，保持足够的睡眠才能有旺盛的精力与足够的体力，从而进行有效地劳作发挥出最大价值。人又是群居的，需要配合相互协作，这就需要找共同的"间"，拿出最好的状态配合工作，吃饭时都吃饭，睡觉时都睡觉，工作时都工作。

时间的运用能力

走在时间前面的人，在时间的运用上往往是成功的。

这就是人与太阳的关系，白天人们劳作，太阳对每个人来说都是公平的。头顶太阳光的每个人每个小时干的内容不同，内容与内容的转换间隔也不同，在同样的"时"干不同的"间"，这就是"间"与"时"的关系的诠释。

这样理解时间的话，我们在运用时间上不容易出现偏差，或者说我们给自己的生命定的时间"标准"：几点到几点该干什么，就会有理论与真理的指导，日复一日地按照去做，就是一个完美人生。

"时"是按照固定的规律在变，而"间"是循环重复的,"时"是共有的、平分的,每个人都同时拥有它;而"间"则是私有的,每个人在干什么,干到什么程度,不同的人有不同的填充内容。久而久之,人与人之间的成败区别就产生了。比如说每晚休息的9个小时,这算一个"间"它的填充内容是休息,晚上9点休息,早上6点起床,就能保证白天具有旺盛的工作精力,这是一类人。另外一类人,晚上12点休息,早上9点起床,这两类人"间"是不同的。这就是前面所讲的"间"是私有的重复填充的意思。

能把"间"填充的内容执行好,就是高质量运用"时"。这一类人的人生是成功的。如果对家庭来说,就决定了一个家庭的成败。

走在时间前面的人,在时间的运用上往往是成功的。

反之,失败的人不知道设时间与时间之间的边界,不知道以解决问题为目的是有效地使用时间。

在日常情况下，每天每个时间段都是有规律性的重复内容，任何事情都做不到适时宜上，都是到点了该干什么没有干什么，事事都错点，无法与家人的时间规律接轨，也就破坏了全家人有价值地使用时间，使得全家人失败。

在特殊情况下，处理时间与事物的关系是跟着内容而改变的，不能照着常规的内容去使用。

不论在正常情况下还是特殊情况下去使用时间，要把握一个原则，以解决问题为主要目的按部就班地使用时间。

时间与人生价值的关系取决于运用时间能力的水平

"打发时间"，是一句常听到的话，是最浪费生命的一个态度。时间就是生命，人的生命就是用时间来计算的，时间就是生命的代名词。

人第一重要的是不要浪费时间，要学会干任何事情都要设置时间界限。用时间要有开始、有结束，而且是要事先定下来用多长时间，然后开始干这件事。比如说：玩，要先定下来玩多长时间，时间到了就结束；休息，要先定下来休息多长时间，到时间停止休息；读书，要先定下来读多长时间，到时间就结束。以上例子是为了说明，一个人的人生价值的大小，取决于对时间的运用。这是有效地使用时间的第一个能力，这个能力是家长们要带孩子去做到并且养成的良好习惯。越早培养好孩子的时间观念，孩子的人生价值就有可能越大。有时间观念的孩子一天当中干什么都是主动的、清楚的，而不是被动的、无所适从的、随波逐流的。

本篇中讲到两个关键点：一个是荣誉、一个是时间。确立荣誉是方向，用好时间是达到方向的保证。

我们祖先的智慧,是中华文明生生不息的火种,是每一代后人要守的本分。

《诗经》是一部我们祖先教育后人做人做事的诗集,祖先把《关雎》放在《诗经》的开篇,说明它具有无可比拟的重要性。

"窈窕淑女,君子好逑"作为《关雎》的思想核心,是做人的最高标准的定义,是体现我们祖先智慧的最早的民间诗歌,也可以说是今天能找到的最早民间运用我们祖先智慧的根源,是中华文明生生不息的火种,是每一代后人要守的本分。

我们一定要传承下去。

【第二篇】

《鸤鸠》

【篇首语】

我们祖先做男人的标准与实现标准的方法

男人，做到什么样子是合格的？我们应该有什么样的品格？是非标准、原则立场以及内心与外表都应该是什么样子的？到哪里去找到做男人的真理呢？

在今天人们给的答案各种各样，但是有一个共同点，基本上都是围绕着以自己利益得失为核心来判断的，这就造成了科学技术发展的速度提高很快，而人类的道德标准却在不断地迅速下滑的感受。

只有从我们祖先的智慧中去考古发掘，去破译祖先的智慧密码，并准确地理解运用才能找到做男人的真理。

在《鸤鸠》这首诗里我们祖先表达了做男人的品德，是"淑人君子"。具体地指出了"淑人君子"要做到的七个方面，这是教我们成为"淑人君子"的方法。

要做"淑人君子"成就自己，不做"鸤鸠"苟且偷生。意志坚强、立场坚定，保证国家的安定，得到别人的肯定。这是多么优秀的民族品质，多么优秀的传统文化。这首诗里面体现的都是我们祖先的智慧。

让我们一起来学习这首诗，学习成为"淑人君子"的方法，让"淑人君子"的品行，从今天开始成为我们思维方式与行为方式的衡量标准。

让我来把《诗经》中对《鸤鸠》这首诗的研究结果，分享给大家。了解我们祖先做男人的标准"淑人君子"，学习祖先成为"淑人君子"的方法的同时，你会感受到祖先的智慧！

【原文】

《鸤鸠》

鸤（shī）鸠（jiū）在桑，其子七兮。

淑人君子，其仪一兮。

其仪一兮，心如结兮。

鸤鸠在桑，其子在梅。

淑人君子，其带伊丝。

其带伊丝，其弁（biàn）伊骐（qí）。

鸤鸠在桑，其子在棘（jí）。

淑人君子，其仪不忒（tè）。

其仪不忒，正是四国。

鸤鸠在桑，其子在榛（zhēn）。

淑人君子，正是国人。

正是国人，胡不万年。

【总解】

《鸤鸠》这首诗主要是讲我们祖先做男人的标准是"淑人君子"。

这表明了在几千年前，我们祖先是希望后人，即便是身处和平安逸的时代，也不要放松对做男人标准的追求。"淑人君子"，是作为男人的最高标准。

在诗中我们祖先智慧地采用鸤鸠的特性当反面教材，与"淑人君子"的标准做对比，把做男人的哲理，形象地、画面般地展示出来，再加上精确的文字描述，让我们很容易理解《鸤鸠》这首诗。

这首诗里面体现的都是我们祖先做男人的智慧。

让我们一起来学习这首诗，学习成为"淑人君子"的方法，让"淑人君子"的品行，从今天开始成为我们做男人的思维方式与行为方式的衡量标准。

【诗解】

鸤鸠在桑,其子七兮。淑人君子,其仪一兮。其仪一兮,心如结兮。

鸤鸠

鸤鸠,就是布谷鸟,它属于杜鹃科。

鸤鸠有一个特性,自己不筑巢,繁衍后代不孵卵,不喂食。鸤鸠在下蛋的前几天就开始寻找合适的鸟巢,确保鸟巢中有马上要下蛋的鸟出入,确保鸟巢不是被废弃的。选中了鸟巢以后,趁鸟巢里的鸟飞出时,鸤鸠把自己的蛋偷偷地下到人家的巢里。鸤鸠只下一个蛋,鸤鸠并不是要占巢孵蛋,而是让别的鸟代替孵蛋,并且让其他鸟代为抚养脱壳的幼鸟。

鸤鸠的蛋,比其他鸟的蛋孵化期短,幼鸟一出壳,就会把巢里其他没有脱壳的蛋,统统从巢里推出去,只剩自己一个幼鸟在巢里,这样就可以独自享受全部的喂食，直到成鸟后飞走了之。

　　鸤鸠就是这样一代一代地繁衍着，老鸤鸠不劳而获，损人利己，小鸤鸠出壳就祸害其他的鸟，完全是本质恶劣。

　　这就是鸤鸠的本性：损人利己；对自己的后代不抚育、不担当；自己不筑巢、不负责。

　　这是自然界里的一个现象，被我们祖先智慧地观察到了以后，把这种现象上升到了哲学范畴。鸤鸠的品行，在这首诗里被拿出来，做了一个反面教材，用对比的方法形象地讲述了做男人要有"淑人君子"的品行。

桑

　　桑，原本就是桑树，在我们祖先的生活当中，桑代表家园故土，诗中用桑代表安逸的意思。

　　整棵桑树都是宝，叶可以养蚕，果可以药用、食用。

农耕时代，养蚕产丝是多么重要，吃桑树叶的蚕，叫桑蚕。

桑蚕丝是最好的蚕丝，色白、丝细、纤维长，是高级的织物。

古代养蚕完全是在自然的环境中，不是所有的地方都适合大量养蚕的。

蚕的生长对环境条件要求比较高，比方说对湿度、温度、空气洁净度、日照时长等都有较高的要求。

如果在自然条件下，蚕能正常地生长产茧，说明此地非常适宜人居住。我们祖先讲的"居善地"就是这样的地方。

鸤鸠在桑

桑树出现在诗里，是表达鸤鸠守着非常安逸的环境，暗指鸤鸠选择长期生活在安逸之中。

鸤鸠选择守在桑树上生活，享受着安逸的环境，因为桑树上面有很多小蚕、桑叶、桑果可以食用，鸤鸠在这里可以生活得毫不费力。

鸤鸠不能承担自己该承担的责任，连自己的卵都不孵化，它还贪图安逸，全靠祸害其他的鸟，使自己产的卵得到孵化并成长。

做人不能像鸤鸠一样没有责任、担当，而应做一个"淑人君子"。

从想做"淑人君子"那天开始，首先注重从外表开始保持着"淑人君子"的仪表。

整齐的外表，体现的是恭敬的内心，彬彬有礼的行为，直接表达了做人的修养。这些都是生活中人与人交往时才会有的直观的美感，也是人类文明的体现。

从人内在逻辑思维出发，牢固地树立法度与守则的这种观念，能保证一生都能做到"其仪一兮"。

"淑人君子"应该具有像"梅"一样的品格——傲雪，哪怕是在冰冷的下雪天，都能热烈怒放。

"淑人君子"在成年的时候要成为"人之俊",成为"人之俊"就是指在事务的细节上,都要认真做到有担当,都能起"带头"作用。

"淑人君子",要以"淑人君子"为标准,即使前途荆棘丛生,即使遇到挫折、打击、不顺,仍然坚守法度、规则。

做人不能像鸤鸠一样苟且、安逸,要以"淑人君子"为标准,像"榛"一般意志坚强、立场坚定,保证国家的安定,得到别人的肯定。

淑人

"淑人",就是极致完美的男人,古代称之为淑人。

古文字的"淑"字,呈现的是我们祖先当时选庄稼种子的劳作场面,依据操作的动作和结果造了古文字"淑"字;与现在的淑"字形"很不相同,现在的淑字看不出操作的动作。

现在的淑字，左边是水，右边那个"又"字是手，中间那个"未"字是农作物的果实，叫未（shū），用水来选择果实种子。

君

"君"是什么意思呢？

君是对人品格表达的一个字，一个人的品格达到什么程度称为君呢？

我们祖先在生活当中总结出来的，芸芸众生总有一些这样的人，他们的品格高尚，说话正直，行为上也一样正直，从来不是只唱高调不干好事，这个品格就是达到了"君"的品格。

从古文字"君"造字上来看，它是由正直、口、手这三个甲骨文字组成。从这点可以判断，如果一个人能说话和做事都一样正直的话，这个人就是"君"了。

古文字"子"字

"子",这个字是一个表示定位定论的字,"子"字,如果用在人后边与人组词,就是人的一生定论。"子"字,如果用在物后边与物组词,就是物的定论。

"子"字是我们祖先根据当时的木匠用木钉固定两根或两根以上木料交叉的结构点的制作工艺造的。

古文字之前,我们祖先就已经有用木钉这种东西来加固榫(sǔn)卯,先在需要加固的地方打出方形的孔,然后将木钉打进方孔起到固定作用,防止榫卯松动创造出的加固工艺,木钉虽小但作用极大,它能让梁柱稳定几百年、上千年。当把木钉打进交叉结构后,就只能看到方形钉帽了,我们祖先选方"口"来表示已经钉进去起到固定作用了。方"口"的下面是一个十字形交叉,表示了两根木料交叉固定点;上面是方"口"下面是"十"的"子"字就这样造出来了。

我们祖先智慧地用这个固定原理造了"子"字，表示固定不变的意思，后来在使用当中无论什么，只要是固定不变都在后面加上"子"字。

比如，布料叫布，做成了上衣，叫褂子，就不再叫布了，做成了裤子也就叫裤子，破了叫破裤子，也不会叫布了。

木头做成了筷子，不再叫木头，叫筷子，直到废了叫破筷子。

人也如此，有社会担当成就的达到了"夫"的标准就叫夫子。比如孔夫子、孟夫子等，孔子是简称，"子曰"是口语，叙述式的简称。

固定在"君"的品格上不变的，就叫君子。

固定在什么上，就是什么子。

从甲骨文"子"字的字形来看可以破译出在远古时期就有了用木钉固定榫卯的工艺，这是先进的。直到今天，古建筑的房子、亭子、楼阁都是用这个工艺加固的，其结构形态千年不会散，就充分说明了先进。

对"子"字的误解，"子"字因为和很多赞美的字用在一起，如夫子、君子，用得多了，把"子"字也误解成了一个赞美的字了。比如，经、史、子集中，子集的用法有待推敲，《论语》中用"子曰"代表孔夫子曰，都需要推敲。

淑人君子

淑人君子是我们祖先当年做男人的目标，作为男人要努力追求最后成为淑人、君子。

"淑人"，就是极致完美的男人，古代都把他叫淑人。"君子"一生行为达到淑人说的做的都正直的人我们祖先称其为君子。

做成功男人的答案

当儿子问你：爸爸，我作为一个男人，怎么做，做到什么程度，我就是成功的男人了？

告诉儿子，要做到"淑人君子"。男人，一生都按"淑人君子"得标准去做，最后成为"淑人君子"，就是成功的男人。

其子七兮

"其子七兮"是什么意思呢？

诗的主题，直接提出了"淑人君子"七个方面的品格，要时时保持做到与不断提升。"其子七兮"是直接对比"鸤鸠在桑"。

"其子"，淑人君子的内在品行。

"其"，是一个容器性质的工具，需要把谷物进行精细选择，去除谷物里的杂物时使用的工具，它装什么并是不固定，是没有固定含义的字，跟谁在一起使用就指谁。

在这首诗里，"其"代表的是"淑人君子"的内在品格的意思。

"七兮",指七个方面的品格的保持与发扬。反复做到的,正在进行、持续进行、不间断、不停顿地发展扩散的意思。

"七",七个方面的品格,古人有七教之说。

"兮",是指正在进行、持续进行、不间断、不停顿地发展扩散的意思。

其仪一兮

我们祖先进一步阐释并告诉后人,怎么样才能做到"其仪一兮"?只有"心如结兮"才能"其仪一兮",也就是说内心首先做到"心如结兮",行为上才能做到"其仪一兮"。

"其仪",就是淑人君子在法度上、规则上、行为上,完美、得体、高雅。

"仪",本质是法度和守则的含义。指行为的极致,就是批评恶的表扬好的，不含糊混乱，从外表上看从容、自信、充满智慧，达到仪的标准。

"一"，是不变，永远保持的意思，不能理解成第一。慎终如始，从开始到结束保持一样。

"淑人君子"在守法度、守规则方面，一生都如此，这就叫作："其仪一兮"。

一个人一辈子，说一次正直的话、办一次正直的事，不难，难的是一辈子都说正直的话、办正直的事。要想一生都如此的话，拿什么来做依据呢？

心如结兮

"心"，指的就是内在的思维方式，也可以指今人说的价值观、逻辑哲学。

"结"，就是连接，在一起，不分离。

"心如结兮"，这个意思就是思想观念要深入到心里，长在心里，从内在的思维出发，实现身心合一。

所以"心如结兮"的意思是：人以内在思维的逻辑为出发点，牢固地树立了法度与守则的这种观念，才能保证一生都能做到"其仪一兮"。

鸤鸠在桑，其子在梅。淑人君子，其带伊丝。其带伊丝，其弁伊骐。

我们祖先用"鸤鸠在桑"与"其子在梅"对比，告诉后人：做人不要像鸤鸠一样品性败坏，而应有"梅"一样的品格，做高贵的"淑人君子"。

梅，表示雅香，表示高贵能顶天立地。在这里表示重视荣誉，祖先把人才的荣誉看得最重要，甚至是第一位的，意指"淑人君子"应当有担当的高贵精神，与鸤鸠的不担当形成鲜明的对比和反差。

其子在梅

"其子在梅"，也就是说"淑人君子"作为有成就的人，要重视细节，要有荣誉感、有担当、有责任。

诗中的"其子在梅"就是像"梅"一样，哪怕在特别的环境下，只要自己坚持，也会绽放特有的灿烂，这是梅的自然特性，寒冬时节梅花独自傲雪绽放，发出雅香的正气。我们祖先把这个特性，比喻成了"淑人君子"要有的品格和要保持的荣誉，用来教育后人，也给追求成为"淑人君子"的人一个形象的榜样。

其带伊丝

"其带伊丝"，今人容易把它理解成为用丝做成的带子，实质上这是一个巧合。

"弁（biàn）"，就是皮帽子，用野兽的皮毛所制，是荣誉的象征，古代有荣誉的人才能有资格佩戴的冠。实际上古文中看作是成人的意思，即：弁，指的就是成人。中国古代成人的时候，会在头上戴一个成人冠，表示已经是成年人。戴上这个皮帽子，在诗词里面指的是有荣誉的人，直到民国时期的大元帅标准照上可以看到帽子上还有竖着的白色鹅毛装饰，叫绒装照，这说明在我们民族沿用的时间很长。

"骐"，指的是骏马，就是说：由于能"其弁伊骐"，所以就能"其带伊丝"，如果能做到"其弁伊骐"，那就能做到"其带伊丝"。

这是什么意思呢？"弁"指的就是有荣誉的人，"骐"指的就是骏马，在诗中指的是人中之俊。

做到了成人和成人之俊这两点，就会在做任何小事时，都能起到表率作用，这就是"淑人君子"的品德。担当责任不能去贪大，而应想着无论成为多大的才，在细微的小事上也要做到，起到"淑人君子"的表率作用。

能做到表率作用的根据是什么呢？就是成为人中之俊。那什么叫"俊"呢？古人说，做好下面五点就是人中之俊："德、信、义、才、明"。德，足以怀远；

才,足以鉴古;信,足以一异;明,足以照下;义,足以得众,此为人中之俊。这是古人给"俊"下的一个定义。

常说有豪、俊、杰、君、夫子、圣人、贤人,这些都是有标准有定义的,指人的成就的不同方面,就像今天我们仍然要以这些为追求目标。

"丝",指的是很细小。丝是原料,是成线的原料,几股丝合成线,诗中表示细小细节。

"带",指的是由丝织成的成品带。带子两头都留有较长的丝,带动丝就会动,就是说起到带头作用。

"其带伊丝,其弁伊骐",这句的意思是:只要做到了"其弁伊骐",就能实现"其带伊丝"。丝代表细小细节的带,表示成了事的结果,比喻由小的细节成就了大事。单丝虽然称不上什么,算不得什么,但是把丝编织成有美饰图案的,表示已经获得的荣誉,与获得的成功的"带",这就起了质的变化。是带成就了丝，是丝生产的带，两者之间有必然的、相互成全的关系，相辅相成、相依相存的关系。天大的事业，也是从每一根丝似的细节成就的。成为人中之俊，有这个德行，做好这五点，就能实现在任何细微的、细小的事情上都起到带头作用。

所以说，这一段主要是讲，淑人君子在有了荣誉，有了成就以后仍然能在细小的事务上，做到有担当并起到带头作用。

鸤鸠在桑，其子在棘。淑人君子，其仪不忒。其仪不忒，正是四国。

我们祖先用"鸤鸠在桑"与"其子在棘"做对比，告诉后人：做人不能像鸤鸠一样品性败坏，即使遇到挫折、打击、不顺，仍然要以"淑人君子"为标准，坚持法度、守规则。

棘，就是带刺的树，在诗中用棘表达障碍，这里代表不顺与逆境。

"其子在棘",是指"淑人君子"在困境中。

淑人君子,其仪不忒

"忒"字指的是"一心"不"二心",不偏差、坚持法度、守规则。

"其仪不忒",是指在困难、逆境的时候,并不会改变自己的初衷、初心,坚持法度、守规则。

其仪不忒,正是四国

这句得专门解释一下。

"正",不斜,是正向的意思。

"是",是被肯定。

"正是",是被肯定的正向。

"四国",指的是邻国,前后左右相邻的地方都被传颂。

"正是四国"，是肯定这种口碑。

古代的"国"与今天讲的"国家"不同，不是一个意思，历史上的周朝是分封制度，黄帝为天子，统管天下的所有土地，分封下属一块土地，叫封地。封地的同时会封多少户去耕种这块封地，叫"户"，多少户就是臣的官职，比如万户侯，千户侯等等。每年规定按户的数量上交天子粮，叫贡粮。贡粮以外剩余的粮自己享用。臣子把地界划下来，这就是一个"侯国"。国是当时的侯国建制的简称，平时我们说诸侯国就是全称。这个臣是这个国的王，建个城墙围起来就是自己的小天地。按东西南北修建城门，以利于出城。天子封了多少臣子土地，就有多少诸侯国。

"国"，有边界的土地，天子分封的诸侯国。

"其仪不忒，正是四国"，意思就是在逆境的情况下，仍然保持着守原则、守法度、守规则的言行举止，会得到邻国的肯定，其根源来自"其仪不忒"。

鸤鸠在桑，其子在榛。淑人君子，正是国人。正是国人，胡不万年。

其子在榛

我们祖先用"鸤鸠在桑"与"其子在榛"作对比，告诉后人：做人不能像鸤鸠一样品性败坏，而应做像榛一样意志坚强的淑人君子，坚持守法度、守规则。

榛，桦木科榛属植物，结的果子非常硬，很好吃，代表意志坚强、立场坚定的意思。

正是国人

"正是国人"中的"正是"跟上个"正是四国"的"正是"释解一样，是本国的人给予正向肯定。

胡不万年

"胡不万年"，这句话应该倒过来说"万年不胡"。

"胡",指的是模棱两可,不能明确具体,不能究竟的意思,是乱的起因。

正是国人,胡不万年

"正是国人",指的是国人能把"淑人君子"的价值观当自己的价值观。

"是",是肯定、认定的意思。

"正是国人,胡不万年",意思是"淑人君子"多的国,淑人君子的价值观是正确而清晰的主流价值观,这是国家安定的根本。

这句诗讲的是"淑人君子"在国人当中起价值观引领作用,在清晰的价值观下,这个国万年不会乱。

"淑人君子"在一国的带头作用是非常大的,我们祖先智慧地发现:主流品格高尚是社会稳定长久的坚实基础。

后感： "淑人君子"，不只是自己做人的标准，也是国家需要的栋梁之材，是一个区域的表率。

关于这首诗的解释不能像传统解释的那样，把它当作是讽刺在朝官人的诗。这首诗是我们祖先做男人要成为"淑人君子"的价值观，并且在诗中讲了成为"淑人君子"的标准与方法。

【第三篇】

《樛木》

【篇首语】

　　一个平凡普通的人，能把帮助他人当作自己的使命去完成，而且是不计回报地去成就他人，在成就他人的同时也成就了自己，这就是《樛木》这首诗表达的意思。

　　通过对《樛木》这首诗的学习与研究，了解到了我们祖先的品德标准，就是要达到"福履"的境界。同时诗里也讲了，要达到这个境界该有的行为方式。

　　让我们一起学习这首诗，一同感受"福履"的境界，让我们的祖先的智慧来洗礼我们的内心，来荡涤我们的灵魂。

　　读了这首诗以后，当今的"舍得"也就谈不上是境界了，或者说舍得的境界就很低了。今天还是有很多人认为，先舍后得是做人的一种高境界，连"福履"都没有听说过，认为福是自己能获得的各种各样的好处，好事，这是优秀传统文化的断代呀。让我们一起来继承祖先优秀的传统文化，并且把它融入我们的灵魂里，做好真正的中国人。

学习《樛木》了解我们祖先的品德标准："福履"。

平凡人怀着"福履"之心，抱着"乐只君子"的信念，去帮助他人，成就他人。在成就他人的过程中同时实现了自己的价值，最后也使得自己平凡的一生变得极有价值，实现这样的一生，就是君子。

【原文】

《樛木》

南有樛（jiū）木，葛藟（lěi）累之。

乐只君子，福履绥（suí）之。

南有樛木，葛藟荒之。

乐只君子，福履将之。

南有樛木，葛藟萦（yíng）之。

乐只君子，福履成之。

【总解】

整首诗以樛木与葛藟在自然现象中，葛藟的藤缠在樛木上，才能结果的特殊关系为例，阐述了平凡人也可以成为君子。

这是人生与人生价值的哲学，比较复杂。

我们智慧的祖先用大自然里的一个自然现象进行比喻，只用了六句话就表达得清清楚楚，给后人启明了心智，道出了做人品质的根本。

太阳光照耀的地方都有樛树，樛木，是一种不成材的小杂树，选择诗里暗喻着平凡人的普遍性，都是普通老百姓，不是名门之后，不是贵族血统。对能不能成为君子的高尚理想的讨论和证明。

普通人能成为君子吗？这是普通人内心的自我怀

疑。普通人只要树立了要做君子的决心，一生只专注这件事，"乐只君子"要有"福履绥之、福履将之、福履成之"的信念去做事，去成就他人，就能实现成为君子的追求。

当椆木成了葛藟攀枝结果的支架，葛藟结出累累硕果，也就功成名就了。椆木仍年复一年地、永远地成就葛藟，椆木也就实现了自身的价值，不再是那用来做柴木都不行，毫无价值的小杂树，而是成了成全葛藟的有用之材，椆木依旧是椆木，但已经是受人尊敬的有用之才了，成了君子，实现了做一个君子的价值，被世人所敬重，被后人所铭记。

【诗解】

我们祖先具有的品格：福履绥之

南有樛木，葛藟累之。乐只君子，福履绥之。

南有樛木

南，太阳照的南面。

樛木就是樛树，在古代，木和树是同一个意思，并没有明显区分。

樛木，是一种不成材的小树。

木头的成材有几种形式，高大挺直的可以成为建筑栋梁；树皮有药用的可以做药材；果子好吃的可以产水果；叶子可以养蚕的，如桑叶；还有根可以食用的等。而樛木就是小杂树，长不高，长不粗。刚长出地面几十厘米就开始分叉，生长周期又特别长，材质过于坚硬，当柴火都不好烧。总之，樛树没有一点利用价值，樛木生长的很普遍，太阳照到的地方都有樛树生长。

葛藟累之

葛藟，是一种葡萄科植物，俗称野葡萄，有藤蔓需要攀爬，缠绕在架子上，才能够正常结果。野葡萄这种藤科在参天大树上，它还缠绕不了，这时，樛木就成了葛藟理想的天然支架。

累，是指果实累累的野葡萄，在樛树上一串串地挂着，整个樛树就被野葡萄缠绕着。葛藟，因为有樛木的树枝支撑，结出了累累硕果。

樛树和葛藟之间的关系，是一种自然现象。

我们祖先从这种自然现象中总结出了人生价值转变的深刻道理：一个平凡普通的人，可能对社会没什么价值，但如果他能找到他的社会角色，并且能把握好角色，以"福履"之心甘愿奉献、成全他人，那么最终他就会从没有价值到找到他的价值。

乐只君子，福履绥之

乐，是乐于。只，是专一、专注，心无旁骛的意思。

君

君，从古文字看是由"口"字、"直"字和"手"字三个部分组成。手，是代表人的行为，做事；直，代表正直；口，代表说话，内心所想，口乃心之门户。造字的逻辑是表达出特征，手与口用正直连在一起，意思是：说的正直、做的正直。即，口说的和行为同样正直，就叫作"君"。

我们祖先把"君"作为人的最高品格标准。"君"不是一个虚伪的赞美之词，一定是当时的社会生活中，有这样品格的人存在，他们心口一致，他们怎么说就会怎么做，正直、不阿谀奉承，他们都被大家所崇敬。

在人的生活当中，在各种各样利与亏比较的情况下，能不为利、不怕亏的人，坚持说的与做的一样正直，是难能可贵的。心里想的正直，嘴上说的正直，行为上做的正直，都是正直的人，这可称为"君"。君，后来也成为我们祖先对正直高尚的人的品格所赞美的字。

历史上后人说的"国君"，一国之君专指的是一国之王，是有赞美的含义在其中。实质上"国君"的称呼，其意有二：一是，称呼、赞美国君是这个国里的品格排第一的人；二是，这个称呼对国君还有一个道德约束，就是要做到一国之中品格最正直高尚的君。"国君"这个称呼是有约束的，这个逻辑是用赞美的方法来约束他人，赞美又要起到约束，简称"国君"。

君子

"君"，是人的品格明确的标准。

"子"，和君一起使用时，是对人的品格、品行定位的结论。

"君子",是一生都说得正直、做得正直的人。一个人一生当中仅一次对某事说得正直、做得正直不难,但这只是做了一件达到君的标准的事情。而"君子"是一生坚持事事时时,都能做到说的正直、做的正直的人。

乐只君子

"乐只君子"在诗中三次出现,分别为:乐只君子,福履绥之;乐只君子,福履将之;乐只君子,福履成之。三次重复出现"乐只君子",说明其为诗中最重要的一句,是什么意思呢?

其实是"君子乐只",指的是君子非常乐于专注的事。可以理解成生命的一个价值观,是说用一生的生命实现的生命价值,就是要做君子,从内心里就要乐于做君子,不是被逼的,从行为上要专注于做君子,这便是"乐只君子"。

福履绥之

"福履",把贡品做好就是把"福"做好,用"福"来完成了祭天的祭祀行为的整个过程,叫"福履"。

"福履"当中体现的是我们祖先做人品格,把"敬天"当信仰,把完成祭天的祭祀行为"福履"看成是使命,是我们祖先做人的品格,是用实现使命的态度,去奉献自己帮助他人,进而完善自己人生价值。

福

"福"字就是这么造的

古文字"福"字是我们祖先根据当时百姓在家中选最好的粮食做贡品敬天祭祀仪式的过程,造了"福"字。

"畐",读音:(fú)福,"畐"是指圆口长颈,身材修长，平肩，腹部下收成尖底的陶质容器。

甲骨文时期"畐"字的写法是有一个方"口"，方口的意思是封好口了，用钉帽表示，就是说里面放上五谷杂粮以后就把这个"畐"钉死了。"畐"字上面有一横表示是盖封，意思是说不再动了，不会再打开罐子把里面的东西敬完神后还取出食用。

"礻"，读音：(shī)示，"礻"是古代祭祀的台子，祭台用土垒成，有一定的高度，台面上有锥形的坑，用于放置锥形底陶罐"畐"的祭品。

"福"做好了，它是贡品，把这个贡品拿去祭天。一是恭恭敬敬地把贡品做好，二是恭恭敬敬地把贡品供奉上。所以说，在我们祖先造字的时候，"福"字就是贡献的意思，不是说获得东西叫有福，而是贡献了东西才是福。这是福字的造字逻辑。

"福"字，作为价值观的内在含义

在甲骨文时期，祖先都要选最好的五谷杂粮，把它们装到罐子里，盖好盖把口密封好，用于敬天、敬地、敬神。

我们可以想象出在远古时期，一罐子粮食在缺粮时刻，那将能救活一家人的性命，却用来做贡品，说明祭祀非常地重要，到了专门祭天祭地的日子，这些贡品才会被供奉上，放在家中的祭台上。

今天的我们对福的最大误解

当今人们认为"福"是指一切好的东西、好的收获。比如说，获得了好东西叫福气，得到了好东西叫有福。

履

"履"字是什么意思呢？履是以使命的态度，从开头到结尾去完成一件事情或一个事业的全过程。

福履的内在逻辑

我们祖先认为，这是责任所在、使命所在。因为祖先认为所有一切吃的、用的都为天地所赐，所以，敬畏天地，要用虔诚之心，用最好的东西去报恩天地，去敬天敬地。我们祖先的传统是报恩，不是感恩，是有恩必报。

从远古时期开始，祭天地必不可少，必须是每个人生活当中首要的组成部分，把祭天地做好是每个人的本分。每个人承担着非常重要的责任，是有使命和有责任的，叫"福履"。

绥之

"绥"是安抚的意思，"之"是被安抚的意思。绥之，就是要随着对方的心思去安抚。比如说，祖先用葛藟这种葡萄科的植物来作为例子，要让它从发芽、开花到结果，如果不能有架子把藤挂起来，就结不了果。

所以，葛藟要想结果实，就得找好架子将自己的蔓藤撑起。葛藟的种子，随着风飘动和雨水流动，很多没能找到撑起自己蔓藤的支架，有一部分则到了樛木丛下。因为樛木生长的地方往往有充足的阳光，葛藟便在樛木脚下生根发芽，长出藤蔓，藤蔓顺着樛木撑起、撑开。樛木就完成了一次"福履绥之"。

通俗地讲，他人需要帮助，你对他人需要的帮助不能看不起，你要尊重需要帮助的人，帮人要帮到他人心坎里去。比方说，他人饿了需要吃，给了他人一件衣裳，这不叫绥之。如果是给了他人一碗面、一碗饭，能解决他人正面临的饥饿，就叫绥之。

福履绥之，就是要将帮助他人看作自己的责任，全过程地、有始有终地参与，切实解决被需要帮助者所面临的问题。

我们祖先具有的品格：福履将之
南有樛木，葛藟荒之。乐只君子，福履将之。

葛藟荒之

"葛藟荒之"对应"葛藟累之"，"福履将之"对应"福履绥之"。

"葛藟荒之"，就是葛藟到了冬天，所有的果实都掉落了，所有的枝叶都枯萎了，只剩下藤还缠绕在樛木上。

"福履将之"和"福履绥之"讲了两个方面。"福履绥之"，讲的是要用"福履"的品格去帮助需要帮助的人，并准确帮到他人心坎上。

福履将之

葛藟即便是到了冬天，即使果实凋落、枝叶枯萎，仍然缠在樛木上。这是一种自然现象，葛藟一旦缠上樛木，就会年复一年地一直缠下去，樛木没有条件的帮助葛藟，不论风吹雨打，不论年月长久，只要没有天灾人祸，只要葛藟还活着、樛木也活着，它们就一直缠绕在一起。等到冬去春来，万物复苏，葛藟又会吐露新叶，生长出更多的藤蔓，结出更多的果实。

我们祖先借用葛藟和樛木这种相互生长的自然现象，上升到了人文哲学的角度，把比喻人帮助人也要有一种永远帮下去的心态，并且没有条件的帮助下去，这便是君子品德。

葛藟萦之

从"葛藟累之"到"葛藟荒之"再到"葛藟萦之"，这是葛藟的一个循环，是说它一年中从发芽到结果最后到落果的过程。我们祖先没有把第一句从"萦之"开始写，而是直接就从结果开始写，即：累之，荒之，萦之。这是文学技巧，"荒之"后的"萦之"表达的是又一年的开始，就是年复一年的意思。

"葛藟萦之"，预示着又循环了，不只是简单地说春天来了，又发芽了，又长出藤了，又要结果了等。

从"福履绥之"到"福履将之"再到"福履成之"，串联起来讲即为："福履绥之"，要以福履之心帮人帮到心坎里；"福履将之"，是要用福履之心去主动地帮助人。

福履成之

福履成之是要保持着福履之心，去成就被帮助的人。

樛木成就了葛藟，而且是循环往复、年复一年、默默地一直成就下去。

樛木也因为成就了葛藟，从毫无价值的小杂树实现了自身的价值。

当你品尝着野葡萄带来的美味时，你可能想到樛树，也可能想不到，是樛树默默地成就了野葡萄。

《樛木》这首诗，是我们祖先对中华民族高尚品德的生动解释，智慧地选择了自然中的葛藟与樛木的关系，不能一看到有野葡萄就简单地解释成祝人多子多孙的诗，这样解释没有什么智慧性。

学习我们祖先智慧不能走进误区

不能以人文哲学的观点去探讨我们祖先的智慧，解释优秀传统文化，而只是简单地用今天的字面意思去解释我们祖先所举的例子，那样会错误地理解祖先的智慧，甚至解释的没有智慧，古文字的造字逻辑，用字表达意思的方法与今有所不同，因为祖先所举的例子都来自自然当中，都只以植物、动物在自然界的自然现象，提升其人文哲学的深度，由自然中的关系联系到人。

所以《诗经》绝不是一部所谓的对民间生活简单地描述的诗集，而是一部教我们如何做人的宝典。

后记

一个民族的传承，首要是祖先智慧的传承

写书是为了传承，一定要有值得永久流传的东西或怕失传的东西，才有必要写成书，这就需要作者反复地去考证、推翻，再考证、再推翻，直到书中所表述的结论站得住脚。

除此之外，还要做到以下几点：一、不能浪费读者时间，只要讲明白了能少一句就不要多一句；二、尽可能把书中要阐述的问题"讲其然还要讲其所以然"；三、尽可能选择通俗的语言表达，让识得字的人，都能读懂。

心无旁骛

第一个指导我演讲的是于会见院长，他安排我到中州大学艺术学院给学生做"启航智慧"的讲座，当时他任院长，现在他是河南省美术馆馆长。我真诚地感谢于馆长对我的指导。

第一个指教我写书的是中国科技大学的张鹏飞教授，

他指导我："要把研究的结果写成书，不要只限于视频和讲座。"我真诚地感谢张教授对我的指教。

一个不会写书的人写书，等于是重新学了一个新的专业。成书的这个过程使我意外地体会了"心无旁骛"到底是一种什么样的境界。这些年忙于写作几乎没有为家庭做过什么事情，我要感谢家人的支持。

诚惶诚恐

家庭教育主要是教孩子做人，这就需要一本能明确做人标准的书，好依据这本书来教育孩子。本书的印刷字体选择了与中学生课本一致的楷体，希望能够帮助正在人生观、价值观形成初期的中学生领会其中的深义。

书中仍有许多不足之处，敬请读者，批评指正。

大觉先明国学堂

公元 2022 年 12 月 12 日